Na ku'u tūtū 'o Clara Rumford 1882-1973

Remember who you are. Be gracious, but never forget whence you came, for there is where your heart is. This is the cradle of life.
—attributed to King Kalākaua

When
Silver Needles
Swam

The Story of Tūtū's Quilt
Ke Kui Ihe o Tūtū

James Rumford

Honolulu · Mānoa Press · 1998

Tūtū sat under the breadfruit tree when she quilted. Up and down, in and out, the silver beak of her *ihe* [ee-hay] fish, as she called her needle, swam along the cloth.

Tūtū said that the thread was a fishing line, and my sister and I watched as her silver *ihe* fish darted through the 'waves' of the quilt, pulling the thread behind.

Sometimes Tūtū would give us pieces of cloth to practice sewing on.

"Careful," she would laugh, "or Ihe might become an eel and bite!"

We'd giggle.

Noho ʻo Tūtū ma lalo o ke kumu ʻulu a humuhumu i ke kuiki. I luna, i lalo, i loko, i waho, holo ka nuku hinuhinu o kona iʻa ihe, ʻo ia nō kona inoa no kona kui, ma ke kapa.

Wahi a Tūtū, he ʻaho lawaiʻa ka lopi, a nānā māua ʻo koʻu kaikaina i ka huki ʻana o ka ihe kālā i ka lopi ma hope ona, iā ia e holo ana ma nā ʻale o ke kuiki.

Aia aku eia mai, hāʻawi ʻo Tūtū iā māua i wahi kapa no ka hoʻomaʻamaʻa.

"Akahele o lilo ʻo Ihe i puni a nahu mai!" i ʻī mai ai ʻo Tūtū me ka ʻakaʻaka ʻana.

ʻAkaʻaka pū nō hoʻi māua.

Then Tūtū would tell stories about how skinny Ihe could change into an eel with sharp teeth and bully his way around the reef. Or how, as a sea urchin, he bristled with needles and warned all to stay away.

But no matter what Ihe turned into, no matter what adventures he had, good or bad, he never forgot who he really was.

—

A laila haku ʻo Tūtū i nā moʻolelo e pili ana iā Ihe wīwī, ka mea i lilo i puhi me ka niho ʻoʻoi, a ʻimi hana aku ʻimi hana mai ma ka hāpapa. Ka mea i lilo auaneʻi i wana me nā kui wanawana ʻoiʻoi a hoʻopale aku hoʻopale mai.

ʻOiai ʻo ia i lilo i mea like ʻole he nui a hana i nā hana wiwoʻole, ʻaʻole i poina ʻo wai lā ia.

By the end of the story he was glad to be an *ihe* again, darting through the waves of the quilt. We laughed at Ihe's adventures, but Tūtū always ended with: "Be like the *ihe*, always remember who you are."

Everyone loved Tūtū's quilts. Pāpā, because they felt thin and cool in the summer when the night lizards chirped. Māmā, because they felt thick and cozy in the winter when the lizards slept and the wind roared through the palm trees. My sister and I loved them because each quilt had its own special design.

A pau ka moʻolelo, hauʻoli ʻo ia e lilo hou i ihe a holo māmā ma lalo o nā ʻale o ke kapa kuiki.

ʻAkaʻaka māua i ka hana wiwoʻole a Ihe, akā hoʻopau mau ʻo Tūtū i ka moʻolelo penei: "E hoʻopili ʻolua iā Ihe. E hoʻomanaʻo mau ʻo wai lā ʻolua."

Aloha nā mea apau i nā kapa kuiki a Tūtū. Wahi a Pāpā, he ʻoluʻolu a lahilahi i ke kau wela, ke kau e kēkēkēkē ai ka moʻo i ka pō. Wahi a Māmā, he mehana a mānoa i ke kau anu, ke kau e moe ai ka moʻo a e nū ai ka makani i nā lau niu.

Tūtū made a strong breadfruit tree for Pāpā's quilt. For Māmā's, she made a beautiful red ginger. But for my sister and me she made butterflies, because, she said, we were always flitting about.

—

Aloha nō hoʻi māua ʻo koʻu kaikaina i nā kuiki a Tūtū, no ka mea, ua koho ʻia ka lau o ke kapa e hoʻokohu i ke kanaka nona ia kapa. Hoʻolālā ʻo Tūtū i ke kumu ʻulu ikaika no ko Pāpā kuiki. No ko Māmā, hoʻolālā ʻia ka ʻawapuhi ʻulaʻula nani loa. Akā, no māua me koʻu kaikaina, hoʻolālā ʻia nā pulelehua, no ka mea, wahi āna, lelelele nō māua i nā wahi apau.

 One day, Pāpā came home with bad news. He and Māmā talked in whispers. Then they told Tūtū. We stood at the doorway and heard: *"Auē!"* the cry of deep sadness. "Hawai'i has been annexed!"

'Annexed' was a big word. Pāpā explained that Hawai'i was no longer a country.

"It is part of America now," he said.

There was nothing more to say. Everyone was used to changes. Five years before, the Queen had been arrested and then a republic declared. Now the Republic was gone, and our flag would be taken down.

"We are Americans now," said Pāpā several weeks later. "It's just as well."

Tūtū's *ihe* needle bit into her finger. Was it reminding her of something?

I kekahi lā, hoʻi maila ʻo Pāpā me ka nūhou ʻino. Hāwanawana lāua ʻo Māmā. A laila ʻōlelo akula lāua me Tūtū.

Ma ka ʻīpuka, lohe maila māua: "Auē! Auē nō hoʻi ē! Ua hoʻohui ʻia aku nei ka ʻāina!"

ʻAʻole i maopopo iā māua, a wehewehe maila ʻo Pāpā, "I kēia manawa, ʻaʻole he aupuni ʻo Hawaiʻi. Pili ʻo Hawaiʻi iā ʻAmelika."

ʻAʻohe ʻōlelo ʻana i koe. Ua maʻa nā kānaka i ka nūhou ʻino. ʻElima makahiki aku nei, ua hopu ʻia ka mōʻī wahine, a laila kūkala ʻia ka lepupalika. A i kēia manawa nō, ua nalo ka Lepupalika, a e huki ʻia iho auaneʻi ko kākou hae.

"He ʻAmelika kākou," i ʻōlelo mai ai ʻo Pāpā ma hope o kekahi mau pule. "E aho paha ia."

Nahu ihola ko Tūtū kui ihe i kona manamanalima. He hana hoʻomanaʻo paha ia hana a ke kui?

The next day, Tūtū called to my sister and me. "My little blossoms, we're going into town today."

We were excited. And when Tūtū took down her red tin savings box, we knew we were off to buy something special, something very important. But nothing we did could get Tūtū to tell us what she was going to buy.

"You'll soon see, my little leis," she said.

—

I ia lā a'e, mea mai 'o Tūtū, "E a'u mau pua, hele pū kākou i ke kaona."

A ki'i 'o Tūtū i kāna pahu kini 'ula, 'o ko māua ho'omaopopo ihola nō ia, ke hele nei mākou e kū'ai i kekahi mea nui paha, ho'ihoi paha. Nalu aku nalu mai māua me ka ninau aku i kāna mea e kū'ai ai. 'A'ole na'e i hō'ike iki mai.

"E maopopo ana, e a'u mau lei."

At Ah Sing's Dry Goods, Tūtū bought a box of needles, several yards of white muslin and the last bits of red and blue cloth in the shop.

"Māmā, you lucky get red and blue cloth," the Chinese man said in broken Hawaiian. "Everybody making American flags for celebration at Palace tomorrow. Big fireworks at night, too!"

Tūtū just smiled. Back in the street, my sister and I pestered her with questions: "Are we making an American flag? Will we see the fireworks? Why do we need so many *ihe* fish needles?"

"You'll soon see, my little butterflies."

When we got back home, Tūtū carefully cut the red, white and blue cloth into strips until it was too dark to work.

Ma ka hale kūʻai ʻo Ah Sing i kūʻai mai ai ʻo Tūtū i pahu kui me nā iā he nui o ke keʻokeʻo maoli a me nā ʻapana hope loa o ke kapa ʻula a me ka polū.

Mea mai ka Pakē me ka pāhemahema ʻana i ka ʻōlelo: "E Māmā, lāki ʻoe, loaʻa kapa ʻula kapa polū. Hana kānaka apau i hae ʻAmelika no hoʻolauleʻa ma ʻIolani ʻapōpō. Nui nō hoʻi ahikao i ka pō."

Ua minoʻaka wale nō ʻo Tūtū. A haʻalele mākou i ka hale kūʻai, ua noke māua i ka ninau: "E hana ana kākou i ka hae ʻAmelika? E ʻike ana kākou i ke ahikao? No ke aha lā e pono ai i kēnā mau kui ihe he nui?"

"E mōakāka ana, e aʻu mau pulelehua."

A hoʻi mai mākou i ka hale, ua paʻahana ʻo ia i ka ʻoki mōlina ʻana i ka lole ʻula, keʻokeʻo a me ka polū a hiki i ka mōlehulehu.

That night, my sister and I whispered under our butterfly quilt, wondering what Tūtū was going to make.

By morning, the white muslin was spread out under the breadfruit tree. A neat pile of red, white and blue strips lay to the side. It was plain to see that Tūtū was making a quilt. But what was the design going to be?

My sister and I watched as Tūtū began pinning the strips of cloth to the muslin. Curious, Pāpā and Māmā came over to see. Tūtū put down more strips.

Even though this was the day of the big celebration, none of the neighbors were planning to go. Instead, they came by to watch Tūtū. Soon there was a small crowd.

I ka pō, hāwanawana ihola māua ma lalo o ke kuiki pulelehua, me ka nūnē aku nūnē mai, he aha lā kāna hana.

A ao, ua hāli'i 'ia ka lole ke'oke'o maoli ma lalo o ke kumu 'ulu, a aia ma ka 'ao'ao he pu'u nani o nā mōlina 'ula, ke'oke'o a me ka polū. Ua mōakāka. Ua mākaukau 'o Tūtū e kuiki kapa. Akā he aha lā kona lau?

Iā māua e ki'ei ana, ho'opa'a ihola 'o Tūtū i nā mōlina ma luna o ke kapa me ka pine. Ua niele 'o Pāpā lāua 'o Māmā a hele mai e nānā. Pine hou 'o Tūtū i nā mōlina.

'O kēia ka lā o ka ho'olaule'a nui, 'a'ole na'e makemake nā hoa noho e hele. Ma kahi o ka hele 'ana, kipa maila lākou e 'ike iā Tūtū. A ma hope koke iho, aia he pō'ai o ka po'e.

As Tūtū put down the last strips, we saw that she had made a design of Hawaiian flags. Then for the center of the quilt, she made a lei of these words in yellow: *ku'u hae aloha,* 'my beloved flag.'

Someone saw the little box of needles and began passing them around. Soon everyone—including my sister and me—began sewing.

—

A i ka pine 'ana i nā mōlina hope loa, 'o ko mākou 'ike ihola nō ia i ka lau kuiki: 'o ka hae Hawai'i. 'O kona hana ihola nō ia i lei melemele me kēia mau 'ōlelo: ku'u hae aloha.

Wehe ihola kekahi i ka pahu li'ili'i o nā kui a hā'awi aku. Ho'omaka ihola nā mea apau—'o māua 'o ko'u kakaina kekahi—e humuhumu.

Our needles truly became *ihe* fish, swimming in silvery schools through the layers of cloth.

By evening the quilt was finished. Later people would call it a miracle, for no quilt could be made in a day.

"I will sleep under my flag tonight," Tūtū said, embracing each one and thanking them for their *aloha*.

After it got dark, we went outside to see the fireworks.

When, at last, the night was quiet again, Tūtū called us back inside.

Ua lilo wale nā kui ihe hinuhinu o mākou i iʻa kū a holo ma nā ʻale o ke kapa.

A ahiahi aʻela, ua pau ke kuiki ʻana.

Ma hope, ua ʻōlelo nā kānaka he hana mana kēia hana, no ka mea, he mea kūpaianaha ka hoʻopau ʻana i ke kuiki i hoʻokahi wale nō lā.

"E hiamoe ana au ma lalo o kuʻu hae i kēia pō," i ʻōlelo ai ʻo Tūtū me ka honi ʻana i nā kānaka pākahi, me ka mahalo nō hoʻi i ko lākou aloha.

A pōʻeleʻele, hele akula māua i waho e ʻike i ke ahikao. A laʻi hou ka pō, kāhea maila ʻo Tūtū iā māua e hoʻi i loko o ka hale.

The flag quilt was on her bed.

"You will become Americans and learn their language and their ways," she said. "But one day, this quilt will be yours—to comfort you and remind you of today."

Then she kissed us, whispering in our ears, "Be like the *ihe*. Always remember who you are."

—

Aia ma luna o kona wahi moe ke kuiki hae.

Mea mai ʻo Tūtū, "E lilo ana ʻolua i mea ʻAmelika. E aʻo ana ʻolua i kā lākou ʻōlelo me ko lākou loina. I kekahi lā, no ʻolua kēia kapa kuiki. He mea hōʻoluʻolu ia. He mea hoʻomanaʻo i kēia lā nō hoʻi."

A laila honi maila ʻo Tūtū iā māua me ka hāwanawana mai, "E hoʻopili ʻolua i ka ihe. E hoʻomanaʻo mau nō ʻo wai lā ʻolua."

In the middle of the nineteenth century, the American missionaries taught Hawaiians how to make quilts. Before long, Hawaiians began creating quilts with appliqué designs. These designs were usually of tropical plants, but in the last half of the nineteenth century, as Hawai'i began losing its independence, a new design appeared: the Hawaiian flag. And when Hawai'i was annexed to the United States in 1898, more and more flag quilts appeared. Some said it was because Hawaiians still wanted to sleep under their own flag.

The story you have just read takes place between July 13, 1898, when news of annexation reached Hawai'i, and August 12, 1898, when the Hawaiian flag was taken down at 'Iolani Palace. During that month, as American dignitaries aboard the warship Philadelphia made their way to Honolulu, newspapers were filled with ads selling American flags and fireworks for the August 12th festivities.

But, on that day, most Hawaiians stayed home to mourn the passing of their country.

Tūtū and her family slept under their quilts, but many Hawaiians did not. A Hawaiian quilt was a thing of beauty, made with loving hands and the product of months of hard work. As for flag quilts, these were usually put away and shown only on special occasions.

The 'waves' of the quilt are the lines of quilting that echo the design. Tūtū is the Hawaiian word for "grandparent." The ihe (also iheihe or me'e-me'e) is the half-beak fish and is related to flying fish. The word aloha has many meanings. In this story it means loving kindness.

With thanks to
my editor Leslie Keahiloa Lang,
my mentor Harriett Oberhaus,
my Hawaiian teacher Puakea Nogelmeier,
and Lee Wild, who provided valuable information
on Hawaiian quilting.

Mānoa Press · 2702 Mānoa Road · Honolulu HI 96822
Tel · 808 · 988 · 4904
Printed by Toppan Printing Co. (Singapore) Pte. Ltd.

LCC 97-76246   ISBN 1-891839-00-4